妖怪醫院 5

我的夢會被妖怪吃掉嗎？

文 富安陽子　圖 小松良佳　譯 游韻馨

最近我每天晚上都做惡夢，
不過，做惡夢的
似乎不只我，
我的老師、我的同學也做了惡夢……
不僅如此，整個鎮上的居民
都被惡夢纏身。
後來才發現，原來這一切都是妖怪搞的鬼！
更令我沒想到的是，
鬼燈醫生又出現在我的眼前！

目錄

妖怪醫院 5

我的夢會被妖怪吃掉嗎？

文 富安陽子　圖 小松良佳　譯 游韻馨

1 每天做惡夢！

今天一早起床後我還是好想睡、好想睡、好想睡喔！和同學集合後，一起上學的途中，我連打了十個呵欠。

昨天晚上我做了很可怕的夢，睡得很不好。

在夢裡，我因為忘了帶功課到學

校而被老師罵。我不斷跟老師道歉，老師還是很生氣的破口大罵。後來老師竟變成一隻大象，拖著巨大的身體追著我跑，還舉起腳想要把我踩扁！

其實不只昨天晚上，過去這一、兩個星期以來，我每天都做很奇怪的夢。

有一天我夢見我飄浮在一個很暗很暗的空間，不斷往上旋轉，上面

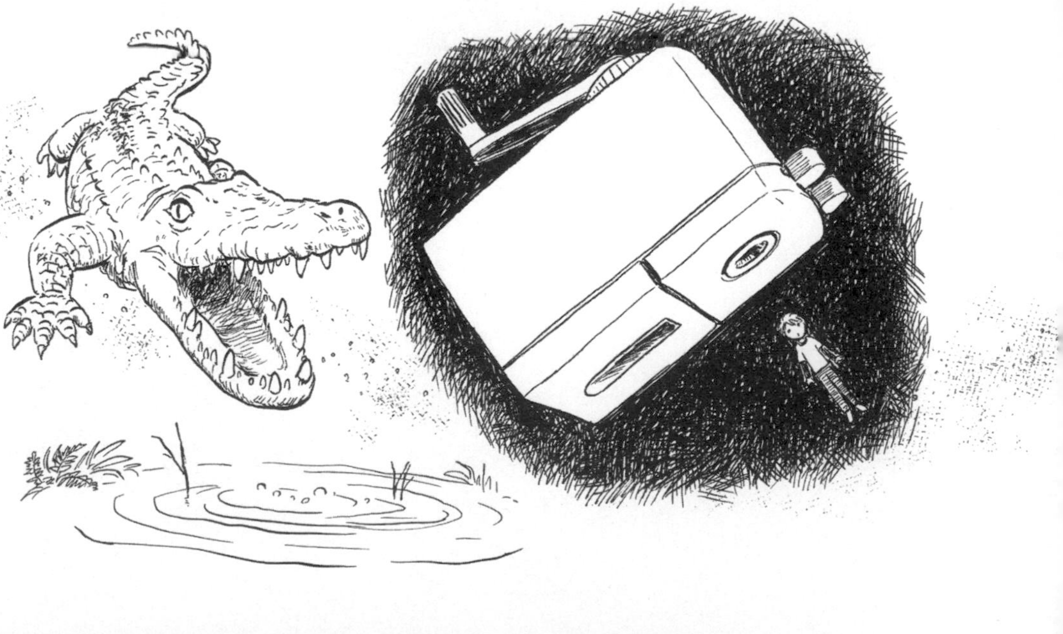

有一個很大的削鉛筆機，我的頭就快被吸進削鉛筆機裡了。還有一天，我夢見自己陷入一處紫色沼澤，那個沼澤深不見底，我就這樣不斷往下沉。還有，我夢見一隻粉紅色鱷魚張開血盆大嘴追著我跑，差一點就要咬到我的屁股了……

「呵——」就在我打了第十一個呵欠後，走在我旁邊的健太同學也被我傳染，跟著打了一個呵欠，接著問我：

「恭平，你看起來很睏的樣子，你昨天很晚才睡嗎？」

我搖搖頭說：「不是這樣啦，我睡得不是很好。這陣子，我每天都做奇怪的夢。我昨晚竟然夢到老師變成一隻大象，追著我跑。」

健太聽我這麼一說，神情訝異的看著我說：

「真的假的！我最近也一直做很奇怪的夢耶！昨天晚上的夢真是嚇死我了！我夢見自己從補習班回家，一開門就看見三具骷髏在我家玄關跳踢踏舞。」

健太的話才說完，接下來的發展更是出乎意料，其他一起上學的同學竟也紛紛參與我們的話題，你一言，我一語的說：

「我也做惡夢了。」

「我最近也是，一直做很不好的夢。」

令人驚訝的不只如此。當我們走進教室坐定，準備上課時，我們的導師黑澤老師一走進教室，也對我們說一模一樣的話。

黑澤老師一站上講臺就打了一個大大的呵欠，接著像是為自己的行為辯解般的說：

「不好意思，一大早就打呵欠。老師最近一直做惡夢，睡得不好。不說你們不知道，昨天晚上的夢真的很可怕——

「我夢到我站在講臺正要開始上課，一看臺下，卻發現底下的學生都是小嬰兒。沒辦法，我還是得上課，只好先完成敬禮儀式。我大聲喊『起立』，沒想到所有嬰兒一起放聲大哭，當時真的是一團混亂啊！吵死人了！

「我被吵到受不了，趕緊跑出走廊，原本坐在教室裡的嬰兒全都爬了出來，追著我跑。他們爬的速度很驚人，快到連田徑選手也追不上。」

聽到老師這麼說，我忍不住想：「原來我昨晚被變成大象的老師追的同時，老師也正被一群可怕的嬰兒追得落荒而逃啊。」

話說回來，不只是老師被惡夢纏

身。班上其他同學聽完老師的親身經歷後，都紛紛跳出來說自己也做了惡夢。這件事實在是太詭異，背後一定有什麼隱情。

老師歪著頭說：「這究竟是怎麼一回事？」

班上同學爭先恐後的回答：

「莫非這是什麼不好的預兆？」

「難道要發生地震了嗎？」

教室裡立刻變得鬧哄哄的。

這個時候，還沒有任何人知道，班上的老師和同學晚上全都做惡夢的原因。

事實上，不只是學校裡的老師和學生，我住的城鎮裡的每位居民，都還不知道自己為什麼每天晚上做惡夢。不過，我心中隱約有一股不祥的預感。

我認識一個人，每次發生這種無法以科學解釋的事情時，他一定會出現。而且我也很清楚，只要他出現，我就沒有好日子過。

他的名字叫做鬼燈京十郎，是全世界獨一無二的妖怪內科名醫。

我在偶然的機會下闖進妖怪世界，認識這位鬼燈醫生。從此之後，鬼燈醫生老是把我當他的助手使喚，也不管我是否真的願意。

拜鬼燈醫生所賜，我接觸了許多過去我一聽到名稱就嚇得拔腿

狂奔的妖怪。他也多次把我拖進妖怪世界裡，讓我經歷不少驚險的危機。

我心裡想著：「再怎麼說……惡夢與妖怪應該八竿子也打不著吧？既然與妖怪無關，應該就沒有鬼燈醫生出場的機會了。」

我如此想著，抹去心中不祥的預感，不再去想鬼燈醫生的事。

此時的我完全不知道，其實糾纏著鎮上居民的惡夢與妖怪大有關係。

2鬼燈醫生出現在房間裡！

放學之後，有件恐怖的事情正在家裡等著我。

我回到家後，跟媽媽說完「我回來了」就跑到浴室洗手、漱口，將書包放回自己的房間。我抬頭一看，竟然看到鬼燈醫生坐在書桌前的椅子上。

這一刻我還以為自己在做夢。鬼燈醫生怎麼可能出現在我的房間裡？這是夢，這一定是夢！而且是讓人嚇出一身冷汗的惡夢！

我不由得哀號：「為什麼我老是做這麼倒楣的夢？饒了我吧。」

鬼燈醫生一臉不屑的說：「喂，什麼叫倒楣的夢，給我說清楚！你不喜歡我出現在你的夢裡嗎？再說，你看清楚，這可不是夢，是現實生活。大白天的在做什麼白日夢？」

我大喊：「你騙人！」

「噓！」鬼燈醫生豎起食指放在嘴唇上，接著說：「不要叫那麼大聲，要是被你媽媽發現了，你要怎麼解釋？接下來我們要去辦一件很重要的事，最好不要被你的家人發現。」

我不再大呼小叫，無言的盯著鬼燈醫生看。醫生說得對，這場夢太清晰了，所以這不是夢，這是真的。在我眼前的確實是那個愛

12月
国語
漢字辞典

裝模作樣，我行我素，老是說一些奇怪的話，如假包換的鬼燈京十郎醫生。

我小聲的問：「可是……既然我不是在做夢，你又是怎麼進到我房間的呢？你不可能光明正大的從玄關走進來吧？」

鬼燈醫生面露微笑，挺起胸膛的回答：「那還不簡單？我請座敷童子幫我開一條路，就這樣走進來啦！」

我曾經見過座敷童子，接著我脫口問：「座敷童子？就是那個一看到亮晶晶的東西就想要的座敷童子？」

座敷童子最喜歡亮晶晶的東西，上次見到他，差點被他拿走媽媽送我的手錶。

鬼燈醫生點點頭說：「對，對，就是他。一般來說，連結妖怪世界與人類世界的出入口都是在固定的地方。但座敷童子可以用他的掃帚掃出一條路來——簡單來說，就是從妖怪世界開出一條通往人類世界的路。我就是這樣到你的房間裡。」

我一聽大驚失色：「什麼？你說什麼？等一下，你的意思是我的房間有一條路可以通往妖怪世界？」

「不用擔心，不會有事的。」鬼燈醫生一如往常的向我保證。

可是，每次鬼燈醫生說「不用擔心」，結果都很令人擔心，根本就是騙人的。

鬼燈醫生接著說：「座敷童子開的路不會一直存在，只要一段時間沒人經過就會堵起來，沒多久就會消失得乾乾淨淨，你可以放心。」

聽到鬼燈醫生說「只要一段時間沒人經過」，真的讓我很擔心。但我還來不及繼續問下去，鬼燈醫生就自顧自的從椅子上站起來，對我說：

「好了，事情就是這樣。趁著路還沒被堵起來，我們趕緊到妖怪世界去吧！那裡有許多事等著我們去處理，要是放著不管，後果將不堪設想。」

鬼燈醫生的話讓我氣得大罵：「等等，話都是你在說，我從剛才到現在沒有表達任何意見，也沒說要去妖怪世界，更沒說要幫你！再說，每次跟你在一起就沒好事發生。

「你還記得你對我做的事嗎？上次你讓我被垢嘗舔了兩口，我還差點被食影蟲的幼蟲附身。還有，你還讓我當誘餌引鬼出來，不要告訴我你都忘了！

「你這次還打算把我捲進什麼莫名其妙的事情裡？總之，我絕對不會跟你走，也絕對不會幫你完成工作，我才不是鬼燈醫生你的助手呢！」

沒想到鬼燈醫生竟一臉嚴肅的看著我說：「恭平……同學，你是不是誤會了？我讓你身陷危險？我讓你幫我完成我的工作？

你在說什麼笑話！」

下一秒，鬼燈醫生像是在演話劇般做出誇張的手勢，態度堅定的說：「你到底搞不搞得清楚？這並不是我的工作！其實我大可以回去妖怪世界，待在我的醫院看妖怪病人，根本不用管人類世界的事情。唉！我就是因為看不下去你們這麼煩惱，才好心伸手想要救你們啊！沒想到你竟然這麼說我，真讓我痛心！」

「你說你看不下去我們這麼煩惱？」我像是被打了一記重拳，直盯著鬼燈醫生看。這一瞬間，我似乎看見鬼燈醫生捲翹的鬍子抖了一下，眉毛下的雙眼閃著精光。

鬼燈醫生將上半身往前傾，湊在我的耳邊低聲的說：「難道你想要繼續做惡夢下去？一輩子過這種日子也沒關係？」

我嚇得倒抽一口氣。鬼燈醫生看到我的反應，再次露出微笑。

他說：「我知道不是只有你做惡夢。老實告訴你，有人在這裡散播惡夢，就是因為這樣，整個鎮的居民晚上睡覺時才會被惡夢纏身。這個地方早就籠罩在一片黑色惡夢的陰影之中，再這樣下去，將導致無法挽回的悲劇啊！」

我吞了一口口水，忍不住問：「……再這樣下去會怎樣？」

鬼燈醫生立刻回答：

「會出現睡眠不足、焦慮不安、頭痛、暈眩等種種後遺症，我想你應該已經受到惡夢影響，開始出現一些不良反應了吧？惡夢會讓人晚上睡不好，甚至影響白天的生活，造成嚴重傷害。長期下去，所有人的生活都會變得一團亂，整個城鎮失去秩序，無法正常運作。不僅如此，惡夢還會導致不幸。從此之後，好運遠離、幸福不再，只有源源不絕的惡運向你們襲來。

「恭平，你打算怎麼做？你想住在全世界最不幸的小鎮，做一個惡運纏身的人嗎？」

誰想住在全世界最不幸的小鎮，做一個惡運纏身的人？我當然不要！鬼燈醫生的話打動了我，我態度堅決的、慢慢的搖搖頭。

「我也這麼想。」鬼燈醫生的臉上露出滿意的笑容。他再次湊近我的耳邊，以溫和的語氣小聲的說：

「那麼，我們出發吧，恭平同學。我們一起去找出惡夢的源頭，解決鎮上的危機吧！」

3 座敷童子開的路

當醫生說「我們出發吧」，我還以為我們要從玄關出去。沒想到醫生要我去拿鞋子，再回到房間裡。

於是，我到玄關拿了鞋子，再回到自己房間，發現房間裡的衣櫥門都被打開了。

仔細一看才發現，衣櫥門後竟然有一個我從未見過的陌生世界。原本掛在衣櫥裡的衣服全都消失不見，好像從未存在過似的。在我眼前的是一條隱身在茂密森林裡，四周長滿雜草的筆直道路。

我問：「這就是座敷童子開的路嗎？」

鬼燈醫生沒有回答我，自顧自的往前走。我趕緊穿上鞋子，跟著醫生走上那條路。

走到一半我回頭看，看見剛剛穿過的衣櫥門矗立在綠色森林的另一頭，隨著我愈走愈遠，衣櫥門變得愈來愈小。

我突然感到害怕，忍不住問：「這裡是哪裡？是妖怪世界嗎？」

走在我前面的鬼燈醫生頭也不回的說：「接下來我們要進入『藥種森林』，去採集蛞蝓菇的孢子。」

「妖……妖種森林？」

「不是妖種，是藥種，『藥物』的『藥』。這座森林是妖怪醫學不可或缺的寶庫，裡面有各式各樣的藥草。」

我問：「蛞蝓菇是什麼？為什麼要去採集蛞蝓菇的孢子呢？」

「你真的很多問題耶！」鬼燈醫生一臉不耐煩的說：「將蛞蝓菇的金色孢子灑在黑暗的地上，就會浮現經過該處的妖怪腳印。就像蛞蝓會在走過的路留下黏液印記一樣，凡是妖怪走過的路都會留下黑色印記。

「換句話說，只要灑下蛞蝓菇的孢子就能找到蛛絲馬跡，或許能幫助我們找出在小鎮裡散播惡夢的凶手。」

「蜘絲馬跡？這麼說來，你根本不知道凶手是誰？」我驚訝的問。鬼燈醫生是妖怪專家，這個世界上竟然有連他都不知道的妖怪，真令人感到意外。

鬼燈醫生用力的點點頭。「沒錯，我現在還不清楚究竟是誰在你住的小鎮散播惡夢。之前有好幾次，我半夜到你家附近埋伏，結果不但沒抓到兇手，就連對方的身影也沒看見。就算點了妖怪眼藥水，拚命瞪大雙眼也找不到，這傢伙確實不簡單。」

聽到鬼燈醫生這麼說，我忍不住背脊發涼，怯生生的說：

「既……既然沒找到，就代表凶手不一定是妖怪。說不定只是剛好湊巧，所有人才會同時做惡夢，也說不定是我們染上了只做惡夢的怪病……」

鬼燈醫生停下腳步，將手伸進口袋，拿出一樣東西給我看。

我低聲的說：「這……這是占卜鈴……」

我以前見過這樣東西。之前曾有妖怪潛入我就讀的學校，鬼燈醫生就是用它找出妖怪。占卜鈴的作用類似妖怪探測器，當能力較強的妖怪靠近，鈴聲就會自動響起。

「之前我在鎮上埋伏時，占卜鈴響了好幾

次。我可以確定每天晚上都有妖怪在街上活動，絕對不會錯。雖然我看不見他的蹤影，也聽不見他的聲音，但確實有個妖怪在小鎮裡散播惡夢。你看著好了，過不久我就能找出凶手。」鬼燈醫生的話一說完，他臉上再次露出笑容。

從我房間延伸出來的道路一直綿延至森林深處，往上看可以看到從兩旁往中間交錯的樹木枝幹，我和鬼燈醫生就像走在綠色廊道下。

鬼燈醫生說：「奇怪了，我明明記得這附近長著一大片蛞蝓菇啊……」

只見他盯著樹根附近察看，一邊慢慢往前走。我跟在鬼燈醫生後面，也學他四處察看樹木根部。

其實我根本不知道蛞蝓菇長什麼樣子，不過，我還是不放棄，繼續尋找。

不一會兒，鬼燈醫生興奮的大喊：「耶！你看！找到了！太棒了！這裡是蛞蝓菇林！」

我從鬼燈醫生的身後探出頭，看向一棵大樹的根部，不禁大叫出聲。

那棵樹的根部附近長著好幾十株白色菇類。不過，所有菇類的頭頂都長著跟蛞蝓一模一樣，類似觸角的眼睛，看起來有點噁心。不僅如此，現在明明沒有風，蛞蝓菇卻像被風吹動一樣左右搖晃，看起來就像在跳舞。

鬼燈醫生對我說：「好了！現在要取孢子。恭平，你去對他們搔癢。」

我瞪大眼睛問：「什麼？咦？搔癢？要我搔這些蛞蝓菇嗎？」

鬼燈醫生折了一枝長得像逗貓棒的草，動作俐落的塞進我

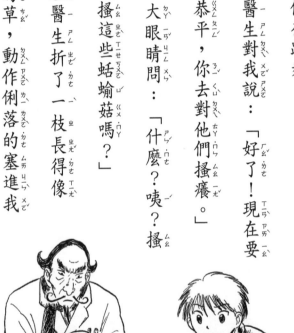

手中，命令我：「就用這個搔癢，每一株都要搔喔！你聽好，先從那株大的開始搔。那傢伙很怕癢，你一搔他，他就會抖出一大堆孢子。等他開始抖孢子，我就用這個玻璃瓶蓋住他，收集孢子。」

鬼燈醫生不曉得什麼時候拿出一個透明玻璃瓶，在一旁待命。

我既無法拒絕，也沒辦法逃離，只好硬著頭皮，戰戰兢兢的伸出手，將草的前端慢慢往體型最大的蛞蝓菇靠近。

就在草的前端碰觸到蛞蝓菇的那一刻，我輕輕搖晃了一下手中的草，開始搔癢。

沒想到我一開始動作，蛞蝓菇立刻東扭西擺了起來。

一開始還像跳慢舞般規律的左右搖擺，接著突然全身顫抖，扭曲著身體。就像人被搔癢時癢得受不了，激烈扭動的反應。

說時遲，那時快，鬼燈醫生大喊：「就是現在！」說完立刻用玻璃瓶蓋住蛞蝓菇。瓶子裡的蛞蝓菇開始從頭頂的嘴巴吐出大量的金色孢子。

順利採集到孢子的鬼燈醫生興奮的對我說：「太好了！這次採集得真順利。下一株！」於是我又開始進攻下一株。

沒多久，我和鬼燈醫生對生長在樹根下的整整二十二株蛞蝓菇搔了癢，採集到一大堆金色孢子。

4 昨夜的我在睡覺？

鬼燈醫生將裝滿金色孢子的玻璃瓶，慎重的收進口袋。

接著他對我說：「好了，我們走吧！」說完便開始往前走。

我趕緊問：「要去哪裡？」

可是鬼燈醫生沒有回答我，只說：「跟我走就知道了。」然後大步走進森林深處。

我沒有選擇，只好緊跟著醫生，一起走進深邃寧靜的森林裡。

我觀察後發現，這座森林的花草樹木跟人類世界很不一樣。

我看到一棵長著紫色和粉紅色葉子的大樹，靠近一看才發現那棵樹長得很像柳樹，身上長滿類似觸角的細枝，不斷擺動著。不一會兒，我聽見頭上的樹梢傳來一陣嬉笑聲。抬頭一看，發現樹上的果實長著跟人一樣的眼睛、鼻子和嘴巴，結實纍纍的模樣十分嚇人。

過沒多久，我看見某樣東西堵在路的前方。剛開始我以為那是一塊方形木板擋在前面，走近之後才發現原來是一扇方形小門。隨著我們愈走愈近，我終於看清楚那是什麼，不禁心頭一驚。那扇門正是我房間裡的衣櫥門片，而且是門片的背後。簡單來說，就是當我待在衣櫥裡會看到的門片模樣。

衣櫥門片的背面是未經修飾的木板，上面還有我之前亂畫的機器人圖案。

我絕對不會看錯，那是我房間的衣櫥門片！

我站在門片前不解的說：「這是怎麼一回事？」

鬼燈醫生看著我說：「你聽好，我們現在要打開這扇門走出去。」

「從這扇門走出去——

這扇門的背後不就是我的房間嗎？」

「沒錯。」鬼燈醫生的回答更讓我一頭霧水。

我們剛剛明明是開了衣櫥門走進來，從頭到尾都走同一條路，而且沒有轉彎或回頭。

照理說，我們應該已經離我的房間很遠，為什麼最後還是回到我的房間入口？

我們到底是在什麼時候回到原點的？

鬼燈醫生繼續向我解釋：「不過，這扇門的背後不是我們剛剛待過的房間，而是昨天晚上的你的房間。」

「昨天晚上的房間？」醫生的說法讓我愈來愈搞不懂這是怎麼一回事。

醫生點點頭說：「沒錯。我之前也說過，妖怪世界與人類世界時間的流逝方式不同。我們剛剛從你今天的房間出來，進入妖怪世界，穿過藥種森林；現在則回到你昨天的房間前面……就是這麼一回事。既然是昨天的房間，我想你應該也猜得到，這扇門的後面還有另一個你。也就是昨天晚上正在床上呼呼大睡的你。」

「昨天晚上的我？我在床上睡覺嗎？」要不是醫生特別說，我還沒想到這件事。

鬼燈醫生不管我理不理解，繼續往下說：

「要是現在的你被昨天的你看見，事情就一發不可收拾了。我想你應該很清楚自己的個性，要是你看到另一個自己和我站在一起，一定會很驚訝，還會打破砂鍋問到底。我可沒有時間與精力從頭解釋，所以你絕對不能吵醒昨天的自己，知道嗎？」

雖然我還沒弄清楚這到底是怎麼一回事，但被醫生這麼一問，我下意識的點點頭。

鬼燈醫生滿意的笑了笑說：「很好。從現在開始你要保持安靜，一定要讓昨天晚上的你睡得很香，這樣才能做惡夢。」

竟然為了做惡夢讓我熟睡，真是過分！昨天晚上的我真是可憐，一想到自己又被犧牲，我不由得輕輕的嘆了一口氣。

鬼燈醫生將手放在門片上，輕輕推開衣櫥的門。

衣櫥門片開了一條細縫，門後的房間一片漆黑。我想探出身體察看房間裡面的情形，鬼燈醫生小聲對我說：「你在這裡等一下。」

我想醫生的意思是讓我待在門後，先別急著進房間。我看著醫生在門前蹲了下來，從口袋拿出玻璃瓶，打開蓋子。

我稍微挪動身體，好不容易找到適合的角度，越過醫生的肩膀察看門後的狀況。就在此時，我看見醫生將瓶子裡的蛞蝓孢子灑在黑暗中。

金色粉末閃閃發亮，散落在地上，在黑夜裡發出隱約的光芒。

那裡真的是我的房間。

我看到熟悉的書桌、熟悉的椅子，椅背還掛著熟悉的書包。地上還有隨手亂扔的單隻襪子與漫畫書。

不只如此，我還看見有人在熟悉的床上睡覺。隆起的被窩隨著呼吸的氣息上下起伏，幸好從我這裡看不見睡在被窩裡的人是誰。

我拍了拍胸口，慶幸自己看不見。如果真的看見另一個自己，一定會覺得很彆扭。

昨天晚上的我睡在漆黑無聲的房間裡。

不一會兒，原本平和的呼吸聲開始急促了起來，看樣子昨晚的我正在做惡夢。

就在這個時候，鬼燈醫生手中的占卜鈴開始「鈴鈴鈴」的響了起來。

鬼燈醫生小聲的說：「來了。」接著緊握住占卜鈴，收進口袋深處。不過，占卜鈴還是在鬼燈醫生的口袋裡發出微弱的聲響。

我從鬼燈醫生的身後探出身體，往房裡看，確認漆黑一片的房間門窗都是鎖著的。我一直擔心會不會有什麼東西偷偷開了門或窗，還好屋內沒有任何動靜。

沒想到就在這個時候，我看見了！

我看見閃著微亮金光的地上，出現一個黑色腳印。那個腳印就這樣毫無聲息的浮現。

明明沒有任何人進入我的房間，也沒看見任何可疑的身影，沒有動靜，沒有聲音。可是，地上卻開始出現一個又一個腳印！

腳印從窗戶下方開始出現，一步又一步的慢慢往床鋪靠近。

我忍不住在心中吶喊：「哇！我有危險了！我，快醒醒，快醒醒啊！」

腳印在床前停了下來。

很明顯，這是動物的腳印，是貓嗎……還是狗？不過，這個腳印不只比貓大，也遠比大型犬的腳印大。這個看不見身影的腳印主人究竟是什麼？

睡在床上的我悶哼了一聲，翻身繼續睡。翻身後剛好面對著我，讓我看清楚剛剛一直被棉被遮住的臉。

那真的是我。前一刻還睡得很香的我，突然間皺起眉頭，感覺一觸即發。可以確定的是，床上的我已經開始做惡夢了。

唉，我好可憐啊！完全不知道自己被不明妖怪纏身才會做惡夢，如今還在夢中被變成大象的老師追趕，只能瘋狂逃命。

此時我早已緊張到手心全是汗水，蹲在我前面的鬼燈醫生小聲的喃喃自語：

「……我知道凶手是誰了！我絕不會讓他全身而退。」

只見鬼燈醫生拿出一樣東西，從衣櫥門片的縫隙丟進房間。

那是一顆類似蠶繭的小球，被醫生丟進漆黑的屋裡後便隨即張開，形成一張會發亮的大型蜘蛛網。

我驚訝的喃喃自語：「那是……蜘蛛網……」

蜘蛛網是鬼燈醫生很自豪的抓怪工具。只要將這個看似蠶繭的小球往空中拋，蜘蛛網就會瞬間打開，罩住妖怪後收網，絕不失誤。

我的床邊出現一個個腳印，蜘蛛網就在那些腳印的上方張開，接著像是抓住什麼東西後收網，恢復原本的小球，掉落在地面。

鬼燈醫生從衣櫥門縫伸出一隻腳進房間，上半身往前傾，悄悄的撿起地上的小球，接著將身體縮回衣櫥。就在這個時候，睡在床上的我突然大喊：

「救命啊！我快要被踩扁了！」

我和醫生嚇得不敢亂動，後來發現是怎麼一回事後，互看了一眼。原來是昨天晚上的我剛好夢到最驚險的場面，才會驚叫出聲。

鬼燈醫生安全的回到衣櫥裡面後，輕輕關上衣櫥門，吐了一口氣，盯著手中的小球看。

那張大型蜘蛛網真的抓到了散播惡夢的凶手嗎？凶手到底是誰？我好想知道喔！

5 凶手就是他？

我再也忍不住滿腹的疑問，立刻開口問：「你抓到了什麼？」

鬼燈醫生將目光從手中的小球上移開，看著我說：「現在就給你看。」

說完他便轉頭環顧森林，看似在找什麼東西的樣子。我也跟著醫生的眼光四處察看。

不一會兒，鬼燈醫生說：「有了，找到了！」他從草叢折下一枝長長的雜草。

那枝雜草長得很像每年秋天，會在我家附近的草地看到的長鬃蓼。不過，長鬃蓼的前端長滿一顆顆紅色小花，這枝雜草的前端則是紅色與白色的花交互生長著。

鬼燈醫生解釋：「這個叫狐狸金線草，我也折一枝給你。」說完便從草叢折了一枝同樣的草給我。

「看好囉！將這枝草的前端像這樣往內彎，做成一個環。」鬼燈醫生一邊說著，一邊示範給我看。我將狐狸金線草的前端做成一個跟五百日圓硬幣一樣大的草環。

接著醫生將草環放在自己的左眼上，瞇起右眼，對我說：

「你也像我這樣把環放在眼睛上瞇著看。我現在要打開蜘蛛網，把抓到的妖怪放出來。」

鬼燈醫生一手拿著環放在左眼上，另一手拿著小球。我急忙將草環放在右眼上。

「看好了！」鬼燈醫生立刻將小球往空中拋。

小球就在我們眼前閃著微光

張開，形成一張漂亮的大型蜘蛛網。

「哇！」某個物體從張開的網跳出來，我忍不住大叫出聲。

只見一隻又矮又胖、全身都是毛，還有一根長鼻子的動物，砰的一聲跳到森林的草地上。

「哇！這……到底是什麼啊？」我嘴裡唸唸有詞，下意識的往後退了一步，順勢把草環拿下來。

就在這一刻，不可思議的事情發生了！從蜘蛛網中跳出來的奇異動物竟然不見了！剛剛明明就在那裡，怎麼會不見了呢？

「咦？這是怎麼一回事？」

鬼燈醫生看我亂了手腳，不耐煩的說：「我剛剛不是說過了嗎？要透過狐狸金線草做成的草環看才行，光用肉眼看是看不到的。」

於是我立刻再做一個草環，放在眼睛上。沒想到真的看到了！地上又出現那隻又矮又胖、全身毛茸茸的長鼻子動物了。

那隻動物用長鼻子的前端聞著附

近的味道，在我們眼前走來走去。看來他被帶到陌生的地方，感覺有些慌張。

我忍不住問：「這傢伙……到底是什麼啊？應該……不是大象，對吧？看起來也不像……食蟻獸……」

他全身都是毛，不可能是大象；他還有獠牙，也不可能是食蟻獸。他真的長得太奇特了。

鬼燈醫生沉穩的回答：「那是貘。」

「貘？」我歪著頭回想，覺得自己好像有看過這個名稱。之前翻閱動物圖鑑時，應該看過這種動物的介紹。可是，這隻貘好像長得不太一樣？

鬼燈醫生向我解釋：「雖說是貘，但他跟動物園裡的貘不一樣。他是專門吃夢的幻獸，把他視為妖怪也可以。嚴格來說，妖怪類分成妖怪目、幻獸目和幽靈目。這傢伙有大象的鼻子、犀牛的眼睛、牛的尾巴、老虎的腳和熊的身體，是一隻名為貘的妖怪。」

「喔，原來如此。」我點點頭。

原來是這個緣故，他才會長得四不像，外型如此獨特。

就在此時，那隻貘朝我們走過來，我立刻躲到鬼燈醫生後面。

「不要怕，貘其實是很溫馴的妖怪。」鬼燈醫生一邊說著，一邊伸出手摸摸貘的頭。

只見那隻貘瞇起他那雙長得像犀牛的眼睛，像貓咪一樣發出咕嚕咕嚕的聲音，開心的左右搖擺像牛一樣的尾巴。果然如醫生所說，感覺很溫馴。

我問：「為什麼要透過狐狸金線草做成的草環才看得到貘呢？」

鬼燈醫生回答：「妖怪界中有許多跟貘一樣，以正常方式看不見的妖怪。若從昆蟲和動物的角度來解釋，這項特色可以說是他們的保護色。貘的個性很溫和，動作很緩慢，又不像其他妖怪具備特殊能力。他們不會飛，也無法變身，而且力量又不大。

「為了保護自己，他們發展出超強的隱形能力。有了隱形能力，他們就可以在半夜潛入人類的房間，靜悄悄的走到沉睡的人類身邊，偷偷的吃掉他們的夢。貘走路時不會發出聲音，別人也看不見他們，感受不到他們的存在，很適合在黑暗中自由行動。別說是我的肉眼，就算點了妖怪眼藥水，也看不到貘的身影。

「不過，只要知道他們是誰，就沒有我抓不到的妖怪。像貘這類動物系妖怪，就要用狐狸金線草對付他們。狐狸金線草環具有使動物系妖怪現身的能力。」

為了驗證鬼燈醫生說的話，我不斷重複移開草環，再放回眼前的動作。

我問：「這個草環只能看到動物系妖怪嗎？」

「如果是會隱形的昆蟲系妖怪，必須用其他的方法讓他們現身。將除蟲菊的葉子磨成粉燃燒，產生的煙只要接觸到昆蟲系妖怪，就能使他們現出原形。」

醫生說得沒錯，只有將草環放在眼前，我才看得見貘。

貘好像已經熟悉這座陌生的森林，開始悠閒的踩著地上雜草，在樹林間遊蕩。

看來如此和善溫馴的妖怪，為什麼會在鎮上散播惡夢呢？我確實聽過貘會吃夢的故事，但從沒聽過貘會散播惡夢啊。

我忍不住自言自語的說：「可是……他真的是凶手嗎？」

鬼燈醫生聽我這麼一說，雙手抱胸，一臉嚴肅的思考了起來。

「你的顧慮不是沒有原因，貘不是散播惡夢的妖怪，而是吃掉惡夢的妖怪。不過，由於某個原因產生基因突變，出現大量的突變貘，這也不是不可能發生的事情。」

我驚訝的問：「你是說基因突變嗎？」我從來沒聽過妖怪也會基因突變。

鬼燈醫生瞄了我一眼，接著說：

「從很久以前就發生過同樣的情形，只要世界上任何地方的文明發展到極致，城市繁榮到無法再繁榮的地步，之後一定會出現大量的突變貘。

「突變貘與正常貘不同，突變貘不吃惡夢，只吃好夢。而且他在吃好夢的時候，還會將惡夢的種子撒在人類的腦袋裡。」

我問：「為什麼要這麼做呢？」

鬼燈醫生繼續說：「雖然沒有具體證據，但據說跟食物有關。

當文明發展到極致，人類過著繁華富裕的生活，做惡夢的人就會迅速減少。

「任何人只要過著幸福的生活，就會做幸福的夢，在這種情形下，貘的食物——也就是惡夢——自然就會缺乏。在迫不得已之下，貘只好開始吃好夢。長久下來，便演化出喜歡吃好夢勝過惡夢的貘了。這些貘會忽略惡夢，只吃好夢。

「這個現象導致原本只吃惡夢的貘開始偏食，只吃好夢會使貘的體內累積某種毒素，這個毒素會轉換成惡夢的種子。

「目前我們還不知道為什麼貘只吃好夢會產生毒素，不過，不妨想想人類的例子。原本以蔬菜和魚類為主食的人，因為好吃而改吃牛排或蛋糕等油膩食物與甜食，就會在體內累積多餘脂肪，最後引

1
2
3

發疾病。這兩者是同樣的道理。」

我喃喃的說：「原來只吃好夢就會變成一隻罹患代謝症候群的貘啊！」

「據說正常貘之中，原本就有千分之一的比例是只吃好夢的貘。只要這樣的貘大量出現，就會發生問題。

「我估計二十年前的日本，也就是泡沫經濟時代，一定也曾大量出現只吃好夢的貘。照目前情況來看，這些貘現在都聚集在你住的小鎮了。唯有引出這些突變貘，把他們全部抓起來，才能讓鎮上所有的居民恢復正常生活，安然入眠。」鬼燈醫生說完之後，靜靜的看著我。

我問：「可是……要怎麼引誘他們出來呢？」

鬼燈醫生挺起胸膛，自信滿滿的說：「別擔心，這件事包在我身上！」

鬼燈醫生拋出小球，打開蜘蛛網，將在森林中閒晃的貘收入網中，再將蜘蛛網縮成的小球放進口袋裡。

6 夢之樹的果實

鬼燈醫生再次邁開步伐，走入森林，我急忙跟在他身後。我一邊走一邊將心中的疑問全部說出來。

「那些只吃好夢的貘，被抓到後會變成怎樣？他們還能恢復成原本的樣子嗎？」

鬼燈醫生回答：「當然可以恢復，這很簡單，只要一段時間不給他們吃好夢就行了。簡單來說，就是斷食。」

我又問：「白天的時候，貘都待在哪裡呢？」

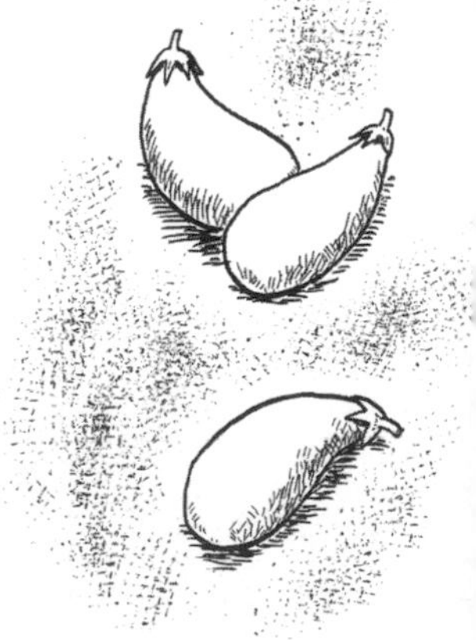

「他們會躲在家裡陰暗的地方，像是壁櫥或架高的走廊下方；此外，他們也會躲在天花板的夾層裡。貘不會築巢，也不會群聚。以天性而言，貘不會待在同一個地方，他們為了吃夢，會在各個城鎮裡不斷遷徙。

「由此看來，這次真的很反常。你的鎮上出現一大群突變貘，還定居在此處。群聚的突變貘不喜歡遷徙，通常會待在固定的地方。正因如此，鎮上所有居民才會連續好幾週做惡夢。」

「為什麼這些突變貘會群聚在我住的地方呢？這附近還有許多城鎮啊！」

我的話才剛說完，鬼燈醫生就在一棵大樹下停下來。他抬頭看向樹梢，一邊對我說：「你看看這個。」

我順著醫生的目光往上看，看到樹枝長滿茂密厚實的葉片，從葉片之間可以看到一顆顆小指頭大小、茄子形狀的黃色果實。

鬼燈醫生說：「這是夢之樹。」說完便摘下一顆果實，拿給我看。「你聞聞這個味道。」

我小心翼翼的湊近醫生手中的果實，用力聞了一下。

我聞到一股很甜、很甜的味道。

鬼燈醫生說：「這棵樹的名字叫夢之樹，據說當初取這個名字

就是因為這種樹的果實發出的味道和好夢很像。」

「好夢的味道？」我一頭霧水的看著鬼燈醫生。

鬼燈醫生看我不明所以的模樣，解釋給我聽：「你可能不知道，其實夢是有味道的。夢的味道很淡，人類的鼻子聞不出來，不過，貘可以靠他那又長又大的鼻子，聞到夢的味道。」

「恭平，你有沒有聞過這個味道？應該是說，與這顆果實很相近的味道……」

「很相近的味道？」我歪著頭努力回想。再次將鼻子湊近醫生的手，深吸一口氣——咦？我想起來了，我好像聞過這個味道……

每到秋天，只要颳起大風，整個鎮上就會瀰漫著一股很甜、很甜的味道。對，就是這個味道！

我大叫出聲：「是丹桂樹的味道！」

「沒錯！」鬼燈醫生滿意的點點頭。「夢之樹的果實與人類世界丹桂樹結的花，味道十分接近。

「你住的鎮上到處都有丹桂樹，所以每年秋天，整個鎮上都聞得到丹桂樹的花香味。

「我猜想這群貘恰好在丹桂樹開花的時期經過你住的小鎮附近，聞到花香，以為那是好夢的味道，於是陸陸續續走進來。等到花謝之後便群聚在一起，就這樣定居在這裡。」

鬼燈醫生接著又繼續說：

「對了，聽說惡夢的味道很像銀杏樹。自古流傳一種說法，在村子的十字路口種銀杏樹，可避免惡運。這是因為銀杏樹的味道會吸引貘，貘會將村子裡的人做的惡夢全部吃光光，如此一來，村民們自然就能趨吉避凶。換句話說，當人睡得安穩就有活力，有了活力就能獲得幸福……就是這個道理。」

鬼燈醫生將剛剛摘的夢之樹果實收進口袋，對我說：「好了，恭平，我們來摘夢之樹的果實吧！丹桂樹的花雖然都謝了，但夢之樹的果實味道十分強烈。我們要利用這個味道吸引群聚在鎮上的突變貘，把他們全部抓起來！」

我問：「要怎麼抓他們呢？」

假設現在真的有一群突變貘定居在我住的鎮上，我們真的能一隻不漏的抓住所有突變貘嗎？

身穿白袍的鬼燈醫生自信滿滿的拍了拍胸膛，對我說：

「包在我身上。我今天帶了特大號蜘蛛網來，只要有這個寶貝，無論是二十或三十隻都能一網打盡。」

鬼燈醫生與我一起摘下許多夢之樹的果實，準備誘捕群聚在鎮上的突變貘。夢之樹的黃色果實長得很像茄子，摘下之後香味會愈來愈濃。

我和醫生身上的口袋都裝滿了夢之樹的果實，果實的強烈香味撲鼻而來，我都快窒息了。

「走吧！」鬼燈醫生話一說完便逕自往前走。

不知道這會兒醫生又要帶我去哪裡？

我今天通過兩扇門，一扇是通往昨天晚上我的房間的門，另一扇則是連接今天放學後我的房間的門。雖說是兩扇門，其實是同一扇門，我現在已經搞不清楚門究竟在哪裡？

我跟在鬼燈醫生的後面走，看見路的盡頭有一扇門。仔細一看，才發現那正是我房間裡熟悉的衣櫥門！

這一次，那扇門的背後是個什麼樣的世界？真令人期待。

鬼燈醫生站在門前，回頭對我說：

「這扇門的背後是你昨天晚上的房間，不過，我們剛剛去摘夢之樹果實的同時，這扇門背後的時間也跟著流逝。簡單來說，現在的時間比剛剛更晚。

「還有，我要再提醒你一次，門後面睡著另一個你，絕對不能吵醒他。我們要安靜無聲的潛進你的房間，再安靜無聲的從你的房間窗戶走到大街上。接著，我們要找一個合適的地方放果實，吸引突變貘過來。

「你身上還有狐狸金線草環嗎？好，很好，有帶就行了。要是沒了草環，就看不見突變貘的身影。千萬不要掉了，一定要好好保管。好了，我們走吧！」

鬼燈醫生轉身將手放在門上，我趕緊開口：「那個，鬼燈醫生……難道沒有別的出入口嗎？我們沒必要每次都從我房間裡的衣櫥進出吧？」

不過，鬼燈醫生似乎沒聽見我說的話，他一句話也沒說的推開衣櫥門。

門的另一邊是漆黑無光的房間，床上傳來一陣陣呼吸聲，那是

昨天晚上的我傳出的聲音。

鬼燈醫生和我屏住呼吸，躡手躡腳的走進房間。

7 吃夢的妖怪群

昨天晚上的我正躺在床上，裹在被窩裡呼呼大睡。看來惡夢已經結束，現在的氣息十分安穩。為了避免吵醒睡夢中的我，鬼燈醫生和我輕輕打開房間的窗戶翻出去，悄無聲息的隱沒在戶外的黑夜之中。

外面的空氣又溼又冷，深夜的街道安靜得沒有一點聲音。佇立在街邊的路燈在空氣中折射出一個個藍白色光環。

鬼燈醫生和我一路無語的走到離我家最近、最大的公園，我們

都希望盡快灑好果實，吸引突變貘過來。

我抬頭看了一下公園裡的時鐘，現在是半夜三點三十五分。我們必須在黎明之前完成工作，沒時間拖拖拉拉了。

鬼燈醫生指著公園裡滑梯下方的大沙堆說：「我們把果實灑在這裡吧！」我們將口袋裡的果實全部灑在沙堆上，爬上滑梯旁的攀爬架，等著突變貘現身。

灑在沙堆上的果實香味隨風飄散，就連在攀爬架上等待的我們也聞到陣陣強烈的香味。不知道那群突變貘是否也會聞到？

我和醫生坐在攀爬架上，將狐狸金線草環放在眼前，監視四周。

抬頭一看，夜空中繁星點點，白雲流經西方天空，遮住了些許白色上弦月。黎明前的小鎮格外安靜，冷冽的空氣溢滿四周，我們呼出的氣體形成白煙，飄散在黑夜裡。

我忍不住懷疑，這麼做真的能吸引突變貘過來嗎？

他們是否正往公園走過來？

我小聲的問：「如果我們順利抓到那群突變貘，你會如何處置他們？」

鬼燈醫生回答：「我會把他們關在妖怪世界一段時間，避免他們吃人類的好夢。我想只要斷食十天，他們就能恢復原狀，變成吃惡夢的正常貘。我要趁著這十天，好好研究貘這種妖怪……」

「研究？」我的話還沒說完，鬼燈醫生立刻「噓」了一聲，阻止我繼續說下去。

鬼燈醫生低聲的說：「不要出聲，你看，公園入口出現了第一隻貘！」

我趕緊將狐狸金線草環放在眼前。

我看到了，我看到貘了！鼻子長長的，長著一對獠牙，又矮又胖的貘從公園入口走了進來。

只見他擺動著長鼻子到處聞味道，毫不猶豫的朝沙堆走去。

突變貘似乎沒發現我和鬼燈醫生就坐在旁邊的攀爬架上，不，應該說他認為我們看不見他，所以即使發現我們在旁邊，他也覺得很安全。

那隻突變貘直接走向沙堆，完全不受身旁景物影響。他走到沙堆旁，立刻伸出長長的鼻子戳了戳沙堆上的夢之樹果實。

就在此時，第二隻貘出現了！接著又來了一隻！第三隻、第四隻緊接著出現在公園入口！

看來我們的策略奏效了。我們將夢之樹的果實灑在公園裡的沙堆上，突變貘受到果實味道吸引，陸陸續續走進公園。

出現在我們眼前的突變貘數量真的很龐大，應該有十隻、二十隻……不，應該更多！突變貘接連不斷、一隻接著一隻的走進公園！群聚的突變貘全都來到了沙堆旁！

現在整座公園都是突變貘，放眼望去，到處都有貘的身影。以「公園塞滿突變貘」來形容，一點也不為過。可說是「貘」滿為患。

雖說他們是受到夢的味道吸引才來，但來到公園後，發現沒有夢可以吃，突變貘們不禁感到疑惑。他們用鼻子戳了戳味道的來源，也就是夢之樹的果實，還用前腳滾動果實，在原地晃來晃去。

鬼燈醫生很小聲的說了一句：「糟了……」偏偏這句話落入我

的耳裡。

我還記得剛剛醫生說他帶了一張特大號蜘蛛網，可以輕輕鬆鬆捕獲二、三十隻突變貘，可是出現在我們眼前的數量可不只二、三十隻啊！

我吞了一口口水，鼓起勇氣問鬼燈醫生：

「這數量……看起來應該有一百隻吧？你打算怎麼辦？你有辦法抓到所有突變貘嗎？」

鬼燈醫生回答：「沒辦法……我沒想到這群貘數量如此龐大……」

我第一次見到這麼多突變貘……我還以為十隻就夠多了，最多不會超過二十隻……」

我繼續追問：「如果沒辦法全部抓起來，你有其他的打算嗎？」

鬼燈醫生拿下眼前的狐狸金線草環，嚴肅的看著我。「先把能抓的抓起來，剩下的只能放棄……」

「你說什麼？放棄？」我驚訝的看著醫生。「是你說不能放著突變貘不管，不然後果不堪設想的！可是現在你卻說要放棄，你到底在想什麼？你要想想辦法啊！不能不管這些突變貘。再這樣下去，我住的地方就要被突變貘占領了！」

眼見我的情緒過於激動，鬼燈醫生輕拍我的肩膀，對我說：

「我已經做了所有我能做的事，沒有更好的方法了。在該放棄的時候放棄，也是很重要的事情。就算我再神通廣大，面對那麼一大群突變貘也是無可奈何的。

「只要抓到二、三十隻突變貘就足夠我做實驗，剩下的就不管了，他們總有一天會想去別的地方。在這段時間裡，只要有一個人不再做好夢，他們就沒有東西吃。肚子餓了，自然就會到別的地方覓食。」

我實在聽不下去鬼燈醫生說的話，在一旁靜默無語。只見鬼燈醫生好整以暇的從口袋裡拿出特大號蜘蛛網縮成的小球，接著將狐狸金線草環放在眼前，鎖定目標。

「這下我該抓哪一區的突變貘才好？好，決定就是那邊了！」鬼燈醫生對著大沙堆拋出小球。

小球在漆黑夜空中爆開，形成一張很大很大的蜘蛛網。總共有好幾十隻突變貘被蜘蛛網纏住，被收進網裡面。

特大號蜘蛛網包住突變貘後，就像什麼事也沒發生過似的變回原本的小球，掉在沙堆上。

個性溫吞和善的突變貘絲毫沒有感覺自己的同伴被抓走，反而對這顆從天上掉下來的小球很感興趣，紛紛伸長鼻子戳來戳去。

鬼燈醫生見狀立刻爬下攀爬架，慌張的大叫：「喂！你們在做什麼！不要碰那顆球！啊！走開、走開！不要舔！那不是吃的！」

為了收回那顆小球，鬼燈醫生奮不顧身的跑進沙堆裡，就在此時，神奇的事情發生了。

突變貘開始用自己的身體磨蹭鬼燈醫生。不知道為什麼，那些突變貘看起來很開心的樣子，像是在向鬼燈醫生撒嬌似的磨蹭他的身體，伸出長鼻子輕輕嗅聞醫生身上的味道。感覺上那些突變貘很喜歡鬼燈醫生。

「喂！走開！走開！」鬼燈醫生費了九牛二虎之力才撿起小球，

不斷揮動雙手，用力推開往他身上磨蹭的突變貘。

只見鬼燈醫生大喊：「喂！到那邊去！你們幹麼一直湊過來啊？」

可是鬼燈醫生愈是用力推開他們，他們愈是往鬼燈醫生身上湊，這下子所有突變貘都擠到沙堆裡了。

「這究竟是怎麼一回事？」鬼燈醫生淹沒在突變貘群之中，氣呼呼的喃喃自語：「可能是我身上沾到夢之樹果實的味道，他們才會一直往我身上靠。喂，你們這些突變貘，在那裡啦！你們想要的夢之樹果實在那裡！我這裡沒有果實可以給你們！不要來我這裡！走開、走開！快走開啦！」

我坐在攀爬架上，看著鬼燈醫生手足無措的模樣，感覺真的很好笑，但我不好意思笑出來，拚命忍住笑意。

若把狐狸金線草環從眼前拿開，突變貘的身影就會消失。此時只看見鬼燈醫生一個人在沙堆裡揮手踏腳，看起來像是一個人在跳舞，這畫面真是太有趣了！

以前只要和鬼燈醫生一起辦事，到最後吃苦頭的總是我，但這

次風水輪流轉，終於輪到他嘗嘗這個滋味了。

鬼燈醫生大喊：「喂，恭平！你快想想辦法啊！趕快把這些突變貘趕走！」

我不慌不忙的回答：「沒辦法呦！這麼一大群突變貘，我怎麼可能有辦法趕走？」

「什麼叫沒辦法……不要說得那麼輕鬆。哇！我受不了了，這些傢伙在舔我的身體。他們好像很喜歡我，到底是喜歡我哪裡？不要一直跟著我！走開、走開！快走開啦！到那邊去！」

無論鬼燈醫生如何驅趕，那些突變貘就是不走。看來鬼燈醫生的身上有一種特殊的氣質，天生就是會受到貘的喜愛。說到這裡，我記得稍早在我房裡抓到的那隻貘，也是一臉幸福的讓鬼燈醫生摸他的頭，還開心的搖著尾巴。

那些突變貘磨蹭鬼燈醫生的原因，並非醫生的口袋沾滿夢之樹果實的味道。他們純粹就是喜歡鬼燈醫生。

我終於忍不住，在攀爬架上笑了出來。

被突變貘團團圍住的鬼燈醫生哀怨的抬起頭看著我。

我對著醫生大喊：「醫生！既然他們這麼喜歡你，你乾脆將這一大群突變貘通通帶回妖怪世界吧！這樣不是正好如你所願嗎？有這麼多突變貘跟你回家，你可以放心好好研究了！」

最後，鬼燈醫生把這些定居在鎮上的突變貘，一隻不剩的帶回妖怪世界。

天空露出魚肚白，身穿白袍的醫生朝鎮裡走去，後面跟著好幾十隻突變貘。這個景象只有透過狐狸金線草環我才能看到，真的是太有趣了，我看得好開心啊！

突變貘安靜無聲的走在柏油路上，整齊劃一的排成兩列隊伍，就連邁出的步伐也完全一致。

每隻貘都帶著開心的笑容，規律的上下擺動著長鼻子，跟著鬼

燈醫生往前走。鬼燈醫生在街角左轉，突變貘的隊伍也跟著左轉；醫生往右轉，隊伍也在同一個路口往右轉。

鬼燈醫生帶著這群突變貘來到我家，在我房間的窗前停了下來。

我走在隊伍的最後面，看到醫生停下來，便走到醫生旁邊。醫生拿起狐狸金線草環，確認後頭的突變貘隊伍是否全都跟上。

鬼燈醫生小聲的問我：「你確定他們都跟上了嗎？沒有任何一隻走失？」

我點頭說：「不用擔心，所有突變貘都緊跟著醫生走，沒有任何一隻遺漏。」

沒想到鬼燈醫生這麼受歡迎，真令人刮目相看……

鬼燈醫生一臉不悅的看著我，「哼」了一聲，安靜的打開窗戶。接著跨過窗戶，進入房間，回頭看了我一眼，低聲的說：「走吧！」

突變貘看到醫生進入房間，也一隻隻的跟著從窗戶跳進去。

此時醫生已經走進衣櫥，突變貘也一隻跟著一隻從窗戶跳進我的房間，進入衣櫥。

我看著排成長長隊伍的突變貘走進衣櫥消失不見，內心忍不住想：「難道真的沒有其他出入口嗎？要是昨天晚上的我突然醒來，該怎麼辦才好？真拿他沒轍……每次都從我房間的衣櫥進出……」

還好睡在床上的我沒有醒來的跡象，突變貘們完全沒有發出聲音，也沒有做出任何動靜，悄無聲息的消失在衣櫥裡。

我拿下狐狸金線草環，以肉眼環顧我的房間，確實毫無動靜，

沒有任何異狀。此時天就要亮了，我的房間仍漆黑一片，安靜無聲。昨天晚上的我，不，應該說今天早上的我依舊安穩的睡著。

長長的突變貘隊伍魚貫的通過我的房間。

我透過狐狸金線草環看到這個場景，不禁覺得神奇，好像在做夢一樣。

我看著最後一隻突變貘跟在鬼燈醫生身後，消失在衣櫥裡，我便輕輕的關上自己房間的窗戶。

接著我也躡手躡腳的走進衣櫥，盡可能不發出聲音，避免吵醒在床上睡覺的自己。

關上衣櫥門之前，我回頭看了一眼自己的房間，在心裡朝睡夢中的自己說：

「這下子再也不會做惡夢了，從今天晚上開始，我又可以睡得安穩了……」

8 和妖怪做朋友？

我們從昨晚我的房間回到藥種森林後，現在森林裡到處都是突變貘。無論是左邊右邊，前面後面，放眼望去整座森林擠滿了突變貘。話雖如此，還是得透過狐狸金線草環才能看到這樣的景象。

這群突變貘從擁擠的小鎮突然被帶進深邃廣闊的森林，對於這裡感到新奇，紛紛用鼻子翻動草叢，或用背磨蹭粗壯的樹幹。

我問鬼燈醫生：「這群突變貘……要怎麼辦啊？」

被五隻突變貘圍住磨蹭，擠到快喘不過氣的鬼燈醫生說：

「你問我要怎麼辦，我才想問你呢！我家的庭院養不了這麼多隻，要是這麼多突變貘真的跟我住在一起，那才真的是惡夢！「如果可以，我真想拿開狐狸金線草環，完全忘掉這些傢伙。可是，就算我想丟下他們，他們還是緊跟著我不放。這下可糟了……去哪兒找地方把他們關起來呢……」

鬼燈醫生說到一半，突然靈光一閃，挑著一邊的眉毛，看向天空。看來他已經想到解決的方法。

只見鬼燈醫生喜孜孜的喃喃自語：「……對，還有那裡！那裡一定擠得下這一大群突變貘！」說完便推開往他身上靠的突變貘，邁開步伐走出去。

那群突變貘似乎很通人性，發現鬼燈醫生往前走，立刻排成兩列，跟在醫生後面。

從現場狀況來看，突變貘們應該是將鬼燈醫生當成他們的老大，沒有任何一隻想脫隊或獨自行動，所有突變貘都乖乖跟著鬼燈醫生。

我走到率領隊伍往前走的鬼燈醫生旁，開口問：「醫生……你要去哪裡啊？」

鬼燈醫生回答：「我要去牧場。」

「牧場？」

鬼燈醫生不發一語的往藥種森林的深處走去，後頭跟著一大群溫馴的突變貘。

途中我們遇到長得像氣球的圓形妖怪，和像蛇一樣體型細長的妖怪，從樹木縫隙間飄過。除此之外，沒遇到其他妖怪。

森林裡光線昏暗，安靜無聲。

過了一會兒，我們走出森林，來到一處廣闊的草原前方。草原上的草差不多跟我一樣高，完全遮住地面。仔細一看，可以看到草原周邊以木柵欄圍起，看不見盡頭。

麒麟牧場

我站在鬼燈醫生身邊，開口問：「這裡就是醫生說的牧場嗎？」

鬼燈醫生點點頭說：「沒錯。這是我很久以前開闢的牧場，我曾在五年前治療過一隻角折斷的麒麟。別誤會，我說的麒麟可不是動物園裡常見的、脖子很長的長頸鹿，而是跟貘一樣同為幻獸的麒麟。

「麒麟很討厭狹窄的地方，我特地用柵欄在草原圈出一大塊地，做為飼養麒麟的牧場。

「沒想到角傷醫好後，麒麟咻一聲的跳過柵欄，往天空飛去，從此消失不見。

沒想到這座牧場現在又能派上用場，這裡最適合用來做突變貘的斷食道場。」

鬼燈醫生興奮的說完後，走向柵欄中間的木門，把門打開，讓所有突變貘進入牧場。

仔細一看，木門上掛著一塊招牌，上面畫著一隻麒麟，看起來很像是鬼燈醫生畫的，一點也不專業。

除此之外，還有斑駁的文字寫著「麒麟牧場」。

鬼燈醫生喃喃自語：「嗯，看來得重做一塊招牌了。」現在這個狀況，他最在意的竟然是招牌正不正確，真令人匪夷所思。

只見鬼燈醫生穿過木門，往牧場內走去，突變貘們也跟著他走了進去。

鬼燈醫生沿著柵欄，在草原裡慢慢的繞圈走，將所有突變貘帶進牧場。

等到最後一隻突變貘走進柵欄，鬼燈醫生立刻跳出柵欄，關上木門。

接著，醫生將手伸進口袋拿出小球，往柵欄裡拋，把之前抓到的突變貘全部釋放出來。

就算把這群突變貘丟在牧場裡，他們也不會慌亂，依舊悠閒自在的踩踩草，在柵欄裡散步。真是一群個性溫和又良善的傢伙啊！不敢相信這群可愛的妖怪竟然是在我住的小鎮上散播惡夢的兇手。

身穿白袍的鬼燈醫生雙手叉腰，挺起胸膛喃喃自語：「終於大功告成了！接下來就讓他們在這裡悠閒度日，暫時不給他們吃任何東西。不久之後，就會恢復原狀，變回吃惡夢的正常貘。等他們恢復正常後，再將他們放回人類世界吧！」

鬼燈醫生還興奮的對我說，他要趁著這群貘關在這裡斷食的期間，好好觀察與研究，他開心得笑到眼睛都瞇成一條線了。

後來醫生帶著我走進藥種森林的道路，回到我第一次踏進森林時，「今天放學後」我的房間裡的衣櫥門前，於是我就從那扇門回到人類世界。

突變貘都已離開我住的小鎮，當天晚上所有居民又能享受安穩的睡眠。

我已經好幾個星期沒睡好，之前不是被大象追，就是頭要被削鉛筆機削，現在終於可以好好睡一覺了。

要是事情就這麼落幕，真的是完美結局。可是，有一件事讓我很困擾。

那就是連接我的房間與妖怪世界的道路。

這條路是座敷童子用掃帚掃出來的，當時鬼燈醫生要我不用擔心，還說這條路會自動消失，但事實並非如此。

之前那一大群突變貘經過時，將那條路踩實了，使得這條路無法完全消失。

說得具體一點，我的房間與妖怪世界的通道現在處於有時暢通，有時中斷的狀態。

由於這個緣故，在突變貘事件解決好幾天後，鬼燈醫生還不時打開我房間裡的衣櫥門，向我打招呼，嚴重影響我的生活。

昨天發生的事情更讓我嚇一大跳。

昨天放學回家後，我打開房門，竟然看到座敷童子趴在我的床上看漫畫！

我嚇得大叫：「欸！你在這裡做什麼！」

沒想到座敷童子一臉沒事的樣子，笑著說：「你有這本漫畫的後面三集嗎？這本真好看。」

我向鬼燈醫生抱怨，他竟然不理我，還跟我說：「你房間有一條路真的很方便，暫時就先維持現狀吧！」真是太自私了！

現在只有鬼燈醫生和座敷童子知道這條路，暫時還算安全；但如果哪天被壞心眼的妖怪或很難應付的

妖怪發現，跑到我的房間裡來作亂，後果就不堪設想了。一想到這一點，我的心情瞬間掉到谷底。

唉！只要跟鬼燈醫生沾上邊，果然就沒好事發生。

座敷童子很喜歡我的漫畫收藏，我看過不了幾天，那傢伙一定又會潛入我的房間。

我盯著衣櫥門，大大的嘆了一口氣。

不過……回頭一想：「和妖怪做朋友似乎也不錯。」

鬼燈京十郎的觀察日記　食夢貘篇

12月14日星期五

今天是觀察食夢貘的第十天。我將他們關在空蕩蕩的牧場裡，不給他們吃東西，實施斷食計畫，但他們還是一樣溫馴。不知道他們是因為沒有飢餓的感覺，還是挨餓也無所謂？總之，他們絲毫沒有展現出焦慮、暴躁的情緒。真的是個性很好的妖怪呢！

這次當我發現在人類世界裡散播惡夢的凶手就是食夢貘時，內心不禁歡呼了起來。妖怪界對於食夢貘的生態毫無所悉。他們明明是妖怪，卻不住在妖怪世界，反而躲在人類世界的陰暗角落。不讓人類發現，也不發出任何動靜，專吃人類的惡夢維生。

原本想趁著這次機會抓幾隻食夢貘，好好研究他們的生態。無奈事與願違，這些食夢貘每天都在牧場圍欄裡無所事事，悠閒的走來走去。偏偏當我靠近的時候，他們就會一擁而上，好像很想我似的，靠在我身上磨蹭，我完全控制不住。

我只想觀察食夢貘，不想跟他們深交，更不想跟食夢貘玩推擠遊戲！

我想研究吃好夢的食夢貘如何製造惡夢的種子，要是能解開形成惡夢種子的祕密，說不定我就能根據這個理論製作出好夢的種子。如果一切順利，我就能販賣好夢種子賺大錢——我原本是這麼計畫的，但這個計畫到頭來終究是夢一場。

斷食結束後，食夢貘體內的毒素應該也完全排出了。相信他們不會專吃人類的好夢，製造惡夢種子了。明天就將他們放回人類世界吧！幸好連接恭平房間的衣櫥與妖怪世界的道路還保持暢通，就利用那條路，讓食夢貘回到人類世界吧！

讀書會之妖怪小學堂

尋找惡夢終結者

呼～你是不是也有過做惡夢的經驗呢？
做惡夢的時候，是不是覺得很害怕、很不舒服呢？
告訴你一個好方法：把你的惡夢交給食夢貘，
他們會幫你把惡夢吃光光！
在不同的國度裡，也有其他和夢有關的傳說哦。

希臘神話裡的夢神三兄弟

在西方的希臘神話故事裡沒有吃夢的妖怪，卻有掌管夢境的夢神三兄弟。

據說睡神許普諾斯（Hypnos）生了三個兒子，分別是摩耳甫斯（Morpheus）、佛貝托爾（Phobetor）和芳塔索斯（Phantasos），他們都和父親一起管理夢境之國。其中摩耳甫斯會收集人類的夢，也會幻化成人或神的模樣，把神的訊息傳達到國王或英雄的夢境裡，為他們展現預言。而摩耳甫斯的弟弟佛貝托爾和芳塔索斯則是具有幻化成動物、植物等自然生物的力量。有時候他們幻化出來的樣子太真實了，反而變成很嚇人的夢境呢。

吃夢的妖怪：食夢貘

食夢貘簡稱「夢貘」，是日本傳說裡的一種神奇生物。據說他們以惡夢為食物，會把人的惡夢吃掉，讓人忘記不愉快的夢境，留下好夢。

貘這種生物的長相很奇特，他們的身體像熊；鼻子像大象；眼睛像犀牛；四肢像老虎；尾巴像牛。在唐朝的時候，中國人相信貘有驅邪的力量，有人把貘的模樣畫在屏風上，頭痛的毛病很快就治好了。而貘的傳說傳到日本以後，更發展出「吃夢」的本事；日本人會在正月初一之前把有貘圖樣的寶船圖畫放在枕頭底下，這樣貘就會幫你把惡夢吃掉，讓你在新年第一天就做好夢。

日本作家小泉八雲就曾經寫過一篇名叫〈食夢貘〉的故事，夢見他死了卻被自己的屍體糾纏，而他用斧頭砍倒了屍體。從夢中醒來之後，他的身邊出現一隻食夢貘。他請求貘吃掉他的惡夢，可是貘卻說他做的是一個好夢，因為他砍去自己內在的魔性。而後，食夢貘就消失在黑暗之中。

能替人把可怕惡夢吃掉的妖怪，是不是也有一點可愛、討人喜歡呢？

一起來孵個好夢吧

其實，我們每天晚上做的夢也會是很好的老師哦，不管是好夢或壞夢，都可能為你帶來某些重要的啟示。專門研究夢的學者，還做了一種名叫「孵夢」的實驗，幫助人從夢境中獲得靈感。

孵夢的步驟很簡單，只需要在睡前徹底放鬆，然後想著自己想要知道的問題和期盼的想法入睡，一醒過來立刻把夢的內容記錄下來，就可以試著從夢裡的訊息去思考自己想要了解的答案。聽說德國化學家佛里德里希・奧古斯特・凱庫勒，就是在睡夢中看到銜尾蛇，後來就發現由六個碳原子構成苯環的概念呢。

試試看吧，說不定你也可以因為做夢而更加了解自己，解決苦惱已久的問題哦。

幫你捕捉好夢、阻擋惡夢的捕夢網

捕夢網是北美洲奧吉布瓦人文化中的一種手工藝品，是用柳樹的枝條做出圓形的外框，然後沿著圓框穿線編織成中間有洞的繩網，也稱為夢罟（音ㄍㄨˇ）。製作者還會在圓框上以皮革垂掛羽毛，這樣一來，惡夢將會被困在網中，而好夢則會穿過繩網中央的圓洞，並且順著羽毛流下來。

困在捕夢網裡的惡夢，會在日出太陽的照耀下消失得無影無蹤。據說，一位印地安少女夢見蜘蛛教導她織網，還告訴她這麼做可以捕捉好夢，於是捕夢網的故事就這麼流傳下來。

因此，印地安的小孩若是做惡夢時，他們的父母就會在他的床頭掛上捕夢網，這樣就能抓住惡夢裡的魔鬼，只留下好夢的祝福。

「文王夢飛熊」：在《封神演義》裡寫到文王在靈台上設宴，宴後就在靈台上睡著了。睡夢中他看見一隻有翅膀的巨大白額猛虎向他飛撲而來，文王因此被嚇醒。天亮以後，文王詢問臣子這是什麼預兆，一位名叫散宜生的大夫回答：「商朝的君主武丁因飛熊入夢，後來就得到『傅說』這名賢臣相助；今日主上夢見這隻怪獸有一對翅膀，應該就是飛熊，是能尋找到賢臣相助的好夢。」後來文王果然得到姜子牙這位人才，而姜子牙的道號剛好就是「飛熊」。

傳說裡的好夢

「虎跑夢泉」：在杭州西湖的大慈山下，有一座大慈定慧禪寺，據說唐朝一位名叫性空的高僧曾住在這裡。當時那裡水源短缺，實在生活不下去了，性空大師就想把寺廟遷走。結果，有一天大師在睡夢中得到神仙的指示，神仙說在南岳衡山有童子泉，祂會請兩隻老虎把泉水移過來。果然第二天白日，寺裡突然跑來兩隻老虎，牠們在翠綠的岩石上奔跑刨挖，石壁就湧出泉水了。後來大家就把這處甘美的泉水命名為「虎跑泉」，而定慧寺也因此被稱為「虎跑寺」。

小時候會讀、喜歡讀，不保證長大會繼續讀或是讀得懂。我們需要隨著孩子年級的增長提供不同的閱讀環境，讓他們持續享受閱讀，在閱讀中，增長學習能力。這正是【樂讀 456】系列努力的方向。 —— 中央大學學習與教學研究所教授 **柯華葳**

系列特色

1. 專為已經建立閱讀習慣的中高年級以上讀者量身打造。
2. 兩萬到四萬字的中長篇故事，培養孩子的閱讀續航力。
3. 多元化題材及結構完整的故事內容，全面提升閱讀、寫作及表達能力。
4.「456 讀書會」單元，增進深度理解與獲得新知。

妖怪醫院

世上絕無僅有的【妖怪醫院】開張了！
結合打怪、推理、冒險……「這是什麼鬼！？」
新美南吉兒童文學獎作家富安陽子
最富「人性」與「療效」的奇幻故事

故事說的是妖怪，文字卻很有暖意，從容又有趣。書裡的妖怪都露出了脆弱、好玩的一面。我們跟著男主角出入妖怪世界，也好像是穿越了我們自己的恐懼，看到了妖怪可愛的另一面呢！

——知名童書作家 **林世仁**

生活寫實故事，感受人生中各種滋味

★北市圖好書大家讀推薦入選
★教育部國民中小學新生閱讀推廣計畫選書

★教育部性別平等教育優良讀物
★文建會台灣兒童文學一百選
★中國時報開卷年度最佳童書
★新聞局中小學優良讀物推介

★中華兒童文學獎
★文建會台灣兒童文學一百選
★「好書大家讀」年度最佳讀物
★新聞局中小學優良讀物推介

創意源自生活，優游於現實與奇幻之間

★系列曾獲選好書大家讀年度最佳讀物獎、入選義大利波隆那同書展臺灣館推薦書

《神祕圖書館偵探》系列，乍聽之下是個圖書館發生疑案，要由小偵探解謎的推理故事。細讀後發現不完全是如此，它除了「謎」以外，也個充滿想像力的奇幻故事。

——臺南大學附設實驗小學教師 **溫美玉**

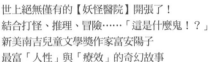

掌握國小中高年級閱讀力成長關鍵期

樂讀456，深耕閱讀無障礙

學會分析故事內涵，鍛鍊自學工夫，增進孩子的閱讀素養

奇想三國，橫掃誠品、博客來暢銷榜

王文華、岑澎維攜手說書，用奇想活化經典，從人物窺看三國

本系列為了提高小讀者閱讀的興趣，分別虛構了四個敘述者的角度，企圖拉近歷史與孩子之間的距離，並期望，經由這些人物的事蹟，能激發孩子對歷史的思考，並發展出探討史實的能力。

——東華大學中文系教授、「三國學」專家　王文進

一般人只看到曹操敗得多淒慘，孔明贏得多瀟灑，我卻看見曹操的大器，拿得起，放得下！

——王文華

如果要從三國英雄裡，選出一位模範生，候選人裡，我一定提名劉備！

——岑澎維

孔明這位一代軍師生在當時是傑出的軍事家，如果生在現代，一定是傑出的企業家！

——岑澎維

孫權的勇氣膽略，連曹操都稱讚：生兒當如孫仲謀！

——王文華

黑貓魯道夫

一部媲美桃園三結義的黑貓歷險記

這是一本我想寫了好多年，因此叫我十分妒羨的書。此系列亦童話亦不失真，充滿想像卻不迴避現實，處處風險驚奇，但又不失溫暖關懷。寫的、說的，既是動物，也是人。

——知名作家　朱天心

★「好書大家讀」入選
★榮登博客來網路書店暢銷榜
★日本講談社兒童文學新人獎
★知名作家朱天心、番紅花、貓小姐聯合推薦

★「好書大家讀」入選
★日本野間兒童文藝新人獎
★日本路傍之石文學獎
★知名作家朱天心、番紅花、貓小姐聯合推薦

★知名作家朱天心、番紅花、貓小姐聯合推薦

★日本野間兒童文藝獎

妖怪醫院 5
我的夢會被妖怪吃掉嗎？

作者｜富安陽子
繪者｜小松良佳
譯者｜游韻馨

責任編輯｜許嘉諾
美術設計｜林佳慧、Abrand Design
行銷企劃｜葉怡伶

天下雜誌群創辦人｜殷允芃
董事長兼執行長｜何琦瑜
兒童產品事業群
副總經理｜林彥傑
總編輯｜林欣靜
主編｜李幼婷
版權主任｜何晨瑋、黃微真

出版者｜親子天下股份有限公司
地址｜台北市 104 建國北路一段 96 號 4 樓
電話｜（02）2509-2800　傳真｜（02）2509-2462
網址｜www.parenting.com.tw
讀者服務專線｜（02）2662-0332　週一～週五：09:00~17:30
讀者服務傳真｜（02）2662-6048
客服信箱｜parenting@cw.com.tw
法律顧問｜台英國際商務法律事務所・羅明通律師
製版印刷｜中原造像股份有限公司
總經銷｜大和圖書有限公司　電話：（02）8990-2588

出版日期｜2017 年 9 月第一版第一次印行
2022 年 9 月第一版第十三次印行
定　價｜260 元
書　號｜BKKCJ041P
ＩＳＢＮ｜978-986-95267-2-2

國家圖書館出版品預行編目資料

妖怪醫院5：我的夢會被妖怪吃掉嗎？／富安陽子文；
小松良佳圖. -- 第一版. -- 臺北市：親子天下, 2017.9
136面；17X21公分. --（樂讀456系列；41）
ISBN 978-986-95267-2-2（平裝）

861.59　106014066